L'Anneau magique

Les Éditions du Boréal remercient le Conseil des Arts du Canada ainsi que le ministère du Patrimoine et la SODEC pour leur soutien financier.

Illustrations : Caroline Merola

Diffusion au Canada : Dimedia
Distribution et diffusion en Europe : Les Éditions du Seuil

Données de catalogage avant publication (Canada)
  Merola, Caroline
  L'Anneau magique
  (Boréal Maboul)
  (Le Monde de Margot ; 5)
  Pour enfants de 6 à 8 ans.
  ISBN 2-89052-955-X
    I. Titre. II. Collection. III. Collection : Merola, Caroline. Monde de Margot ; 5.

PS8576.E735A86	1999	jC843'.54	C99-940239-0
PS9576.A735A86	1999		
PZ23.M47An	1999		

L'Anneau magique

Caroline Merola

Boréal Maboul

1

Un samedi à la campagne

Il arrive parfois à Margot d'être impolie avec sa mère ou de raconter un petit mensonge. Alors, son père lui dit toujours « Ne fais pas ta Simone. »

C'est bien la plus insupportable des insultes ! Et son père le sait. Aussitôt, Margot regrette et s'excuse.

Simone la démone ! La pire des petites filles gâtées que Margot connaisse. Souvent moqueuse, jamais contente, Simone est effrontée, capricieuse et menteuse. Elle a tout ce qu'elle veut : au moins vingt-cinq robes, toutes en

dentelle, un chien et même une auto fonction-
nant à piles, qu'on peut conduire sur le trottoir.

Il y a quelques mois, ses parents lui ont
acheté un vrai cheval. En fait, une jument qui
vient d'avoir un petit. Les parents de Simone,
Maurice et Louisette, ont invité la famille de
Margot à venir voir le poulain.

Pour la première fois, Margot est impatiente d'arriver chez Simone. Tout le long du voyage en auto, Margot pense au petit cheval. De quelle couleur est-il ? Est-ce qu'on peut monter sur son dos ?

Pierre, Jean et Jacques, les frères de Margot, font les braves. Ils se vantent de bien connaître les chevaux et même de pouvor aller au grand galop. Pourtant, ils n'ont fait de l'équitation qu'une seule fois, lors d'une sortie d'école. Et le moniteur tenait la bride.

La route est longue avant d'arriver à la ferme de Simone. Engourdie par la chaleur, Margot s'assoupit quelques instants.

Elle fait alors un rêve étrange.

Elle rêve qu'elle se promène dans un château magnifique dont les grandes fenêtres donnent sur un parc.

Il n'y a aucun être humain, seulement des animaux : des biches, des renards, des lapins et même un lion, tous richement vêtus. Autour d'une table, quelques-uns prennent une collation. Parmi eux, Margot aperçoit un beau cheval blanc au regard doux.

En voyant la petite fille, le cheval s'approche d'elle et lui dit :

— Margot, c'est moi qui t'ai fait venir ici. Je dois te transmettre un message très important. Il s'est passé un événement grave à la ferme. Simone a voulu sortir le poulain de l'écurie en le tirant par la crinière. En voyant cela, la jument s'est fâchée et elle a bousculé la petite fille. Oh, pas beaucoup, juste un petit coup de tête ! Mais Simone a eu peur et elle est tombée par terre.

Depuis, ses parents ont décidé de vendre la jument. Le poulain va être séparé de sa mère. On ne peut pas laisser faire une telle chose ! Toi seule peux nous aider, Margot.

— Moi ? Mais je ne suis qu'une petite fille. Comment…

— Grâce à l'anneau magique, tout est possible.

— L'anneau magique ?

— Oui. Seul un enfant au cœur pur peut porter l'anneau magique. Jack t'expliquera. Es-tu d'accord, Margot ?… Margot ?… Margot ?

Ce n'est plus la voix du cheval blanc que Margot entend, mais celle de sa mère, qui la réveille doucement.

— Margot ? Viens, ma poupée, nous sommes arrivés.

Margot sort de l'auto, les idées encore un peu embrouillées.

Sur le chemin de gravier, Maurice et Louisette accueillent la famille. Un chien noir s'élance vers Margot, qui recule, un peu effrayée.

— Doucement, Jack! lui dit Louisette d'une voix ferme. Tu vas faire fuir notre invitée.

Margot regarde Louisette avec étonnement. Comment? Le chien s'appelle Jack?

2

Simone la championne

Margot caresse la tête du chien, tandis que ses frères courent vers l'écurie. Le chien est calme et regarde la petite fille avec intelligence.

— Bonjour, beau chien, lui dit Margot. Tu t'appelles Jack? C'est étrange, dans l'auto, j'ai rêvé que…

Margot est interrompue brusquement :

— Eh là, Margot! C'est pour jouer avec mon chien ou avec moi que tu es venue ici?

Margot n'en croit pas ses yeux : c'est Simone qui arrive, montée sur un joli poney.

Elle est drôlement déguisée, avec des bottes et un chapeau noir tout rond.

— Regarde Margot, ce que je sais faire ! J'ai suivi des cours.

La voilà qui part au petit trot, tourne à droite, tourne à gauche. Ses longues tresses se soulèvent en cadence. « Comme elle a de la chance, se dit Margot. Comme j'aimerais être une bonne écuyère, moi aussi ! »

Margot ne veut pas montrer qu'elle est impressionnée. Elle demande :

— Est-ce que je peux voir la jument et le bébé cheval ?

— Le poulain, tu veux dire ? Le petit du cheval, c'est un poulain. Tu ne le savais donc pas ? Tu ne dois pas aller à une très bonne école…. Enfin, suis-moi, il est dans l'écurie.

Margot trouve que le caractère de Simone
ne s'est pas vraiment amélioré.

Simone descend toute seule du poney et
passe devant Margot. Le chien noir, qui a
suivi la conversation, leur emboîte le pas.

Les chevaux sont dans leur stalle. Pierre,
Jean et Jacques tentent d'attirer leur attention

devant la porte de bois. Margot aperçoit la jument. Elle a un choc : la jument est toute blanche, exactement comme celle de son rêve ! En la voyant frôler tendrement son petit, Margot se rappelle le mystérieux avertissement.

Elle demande subtilement à Simone :

— Est-ce que les chevaux sont à toi pour toujours ?

— Hein ? Oh, la grosse jument s'en va demain. Elle n'a pas été gentille avec moi.

Puis, elle rigole :

— Ça pue ici, hein Margot ? Pouah ! Ça ne sent pas le chocolat !

Margot fronce les sourcils.

— Tu ne devrais pas séparer la maman de son petit. Tu n'as pas le droit, Simone.

— Mêle-toi de tes affaires, l'interrompt Simone. Et elle ajoute, en regardant la pauvre bête :

— Ici, c'est moi qui décide, pas elle !

La jument hennit, comme pour lui répondre. Le plus extraordinaire, c'est que Margot a cru comprendre quelque chose. Quelque chose comme : « Vilaine Simone ! »

3

Un trésor

Le chien noir n'a pas quitté Margot d'une semelle. Il l'agrippe doucement par le bord du pantalon.

— Mais voyons, lâche-moi ! s'écrie Margot.

Le chien continue de tirer, sans méchanceté. Margot comprend qu'il veut lui montrer quelque chose.

— Pauvre bête, si tu pouvais parler…

Le chien lâche alors Margot et se dirige vers l'autre entrée de l'écurie, qui donne sur un bois. Il se retourne pour voir si elle le suit.

« On dirait qu'il m'attend », pense Margot.

Elle jette un œil du côté de ses frères et de Simone. Ils discutent tous les quatre de leurs talents de cavalier. Pierre, Jean et Jacques voudraient monter sur le poney. Simone s'y oppose énergiquement.

Margot décide de rejoindre le chien qui l'entraîne à l'extérieur, jusqu'à un gros arbre. Les racines sont énormes et s'entrecroisent sur le sol.

Le chien pointe du museau un trou dans l'écorce, à la base de l'arbre.

Margot se met à rire.

— C'est un os que tu as caché là ?

Mais le chien s'impatiente, tourne autour de Margot en agitant la queue.

— Bon, attends.

La petite fille plonge la main dans l'espace

humide. Elle grimace de dégoût.

— Pouah ! C'est mouillé ! Il n'y a rien là-dedans, et je risque de me faire mordre par un écureuil. Oh ! Mais…

Margot sent soudain sous ses doigts quelque chose de dur et lisse. Elle réussit à sortir de l'arbre une minuscule boîte dorée, à moitié recouverte de mousse.

— C'est merveilleux ! Un vrai trésor ! Et

toi, tu le savais, s'étonne Margot en se tournant vers le chien.

Vite ! Margot veut ouvrir l'écrin doré. Il contient peut-être l'anneau magique de son rêve… Mais au moment où elle va soulever le couvercle, Simone lui arrache la petite boîte des mains.

— Donne-moi ça. Tu l'as trouvé ici ? Laisse-moi voir…

Simone ouvre la boîte d'un coup sec.

4

Anneau, anneau magique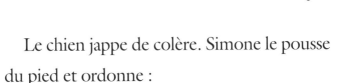

Le chien jappe de colère. Simone le pousse du pied et ordonne :

— Toi, Jack, tais-toi !

Puis elle examine le contenu de la boîte.

— Mais ! ? Qu'est-ce que c'est que cette cochonnerie ?

Margot étire le cou. On dirait un petit anneau de bois.

— Ce n'est même pas beau ! s'exclame Simone. C'est tout vieux. Allez, hop ! Dans le champ.

— Non ! Attends ! s'écrie Margot.

23

Trop tard. Simone a lancé l'anneau au loin. Le chien bondit dans la même direction. Simone s'en va en se moquant de Margot :

— Tu peux rester avec ton ami Jack, si tu veux. Moi, je vais faire un tour de poney. Il faut bien que je donne quelques leçons à tes frères…

Margot ne répond même pas. Elle court rejoindre le chien, qui est en train de chercher l'anneau.

Quand elle arrive, Jack a posé sa patte dessus. Margot considère l'anneau attentivement. Il semble très ancien. Il est en bois, rehaussé d'un délicat motif de feuilles. Avec émotion, elle le passe au doigt.

Margot avale sa salive et ferme les yeux. Elle attend, elle attend, mais il ne se passe

rien. Elle rouvre les yeux. Et reste alors figée
de surprise. Le paysage a complètement
changé ! Margot n'est plus derrière l'écurie de
Simone, mais dans un magnifique jardin.

Elle se retourne. Un beau grand château en briques blanches, orné de hautes fenêtres, se dresse devant elle.

Les fenêtres ! Elle reconnaît l'endroit maintenant. C'est le château des animaux, le château de son rêve !

Margot a un pincement au cœur. Elle pense tout haut :

— J'ai dû m'endormir. Tout ça n'est pas vrai, je rêve encore…

— Tout est vrai, Margot, lui répond une voix tout près.

— Qui… qui a parlé ? s'inquiète Margot. Qui est là ?

Il n'y a personne d'autre que Jack le chien à ses côtés. Il la contemple de ses grands yeux noirs.

— C'est moi qui ai parlé. N'aie pas peur, Margot. Grâce à l'anneau magique, tu es maintenant au Royaume des animaux. Bien peu d'humains peuvent se vanter de connaître l'endroit.

À ce moment, deux autruches traversent le jardin en courant. Margot croit les entendre rire.

— Ici, ajoute le chien, les animaux peuvent jouer, manger et se reposer. Ils ne doivent pas se chicaner. Allez, viens Margot. Je veux te présenter une amie.

Intriguée, Margot suit le chien dans les allées fleuries. La porte du château est ouverte. À l'intérieur, la petite fille reconnaît certains des animaux de son rêve : le renard, le lion, la biche. Tous se retournent sur son passage et la saluent. Un éléphant, en train de jouer aux cartes avec un écureuil, lui fait même un clin d'œil.

Soudain, Margot ouvre grand les yeux : un cheval blanc vient d'entrer dans la pièce.

— Oh ! Mais c'est la jument de Simone, s'écrie Margot.

Jack se place aux pieds de l'animal.

— Chère Margot, je te présente Emma, la sœur de Dolorès.

5
Simone est en danger

Emma s'approche de Margot. Ses sabots résonnent sur le sol.

— Allô, ma jolie ! C'est donc toi la petite fille au cœur pur ? Je te remercie d'avoir accepté de nous aider.

La jument parle avec douceur.

— C'est ma sœur que tu as vue à la ferme. Dolorès et moi, nous nous ressemblons beaucoup. Tu sais, nous avons vu toutes sortes d'humains dans notre vie, mais jamais nous n'avons rencontré d'enfant aussi... comment dit-on?… déplaisant? aussi déplaisant que ton amie Simone.

— Ce n'est pas vraiment mon amie, se défend Margot.

— Si Jack t'a amenée ici, reprend Emma, c'est pour que nous discutions d'un plan. Il faut éviter à tout prix que Dolorès soit séparée de son poulain. On doit faire très vite, sinon ma sœur quittera la ferme demain.

— Mais, demande Margot, comment savez-vous ce qui se passe à la ferme?

Margot n'a pas terminé sa phrase que des cris retentissent. Trois singes font irruption dans la pièce.

— Emma! Emma! crie l'un.

— Simone est en danger! s'exclame un autre.

— Hi ! Hi ! Hi ! s'époumone le troisième, trop excité pour parler.

Emma hennit.

— Quoi ? Que s'est-il passé ?

Le singe le plus poilu reprend son sang-froid.

— Bobby le poney s'est enfui avec Simone sur le dos ! Il voulait lui donner une bonne leçon… Il est parti comme un fou vers la forêt ! Simone ne pouvait plus l'arrêter.

— Mon Dieu ! Allons voir, vite !

Margot, Jack et les trois singes courent derrière la jument. Ils traversent une série de pièces et arrivent au bout du château. Là, dans une serre remplie de fleurs et d'arbrisseaux, trône un grand miroir.

Emma explique à Margot :

— Voilà comment on sait ce qui se passe à l'extérieur, Margot. On demande au Miroir Merveilleux de nous le faire voir.

Puis, Emma la jument se tourne vers son reflet et déclame :

« Miroir, Miroir Merveilleux !

Par mes sabots et par ma queue,

Montre-moi ce que je veux ! »

L'image dans la glace se brouille et fait place à une scène tout à fait différente. Une forêt. Margot regarde avec étonnement cet incroyable miroir qui s'allume comme un écran de télévision.

Soudain, dans le miroir, un animal court au loin. Margot reconnaît Bobby le poney. Simone est agrippée à sa crinière, les pieds sortis des étriers. Elle essaie tant bien que mal d'éviter les branches qui lui fouettent la tête et les épaules.

— Jack ! s'écrie la jument, il faut faire quelque chose. Simone court un réel danger !

— Je reconnais l'endroit, dit Jack. Nous pouvons les rejoindre.

— Allons-y tout de suite, décide Emma.

Margot pose sa main sur la jument et dit :

— Je vous en prie, emmenez-moi avec vous.

Les bêtises de Bobby

Dans un nuage de poussière, Emma quitte le château au grand galop. Margot est montée sur son dos. La petite fille a passé ses bras autour du cou de la jument. Elle n'a pas peur. Emma lui explique comment se tenir solidement.

— Prends garde aux branches, Margot, nous entrons dans la forêt. Je vais ralentir.

Le château est maintenant loin derrière.

En passant sous les arbres, Margot est très surprise. Elle perçoit des petites voix qui roucoulent : « Emma, c'est Emma la jument ! »

Margot n'ose pas relever la tête, mais elle devine que ce sont les oiseaux qui ont prononcé ces mots.

Ils continuent de piailler :

— C'est par là, Emma, par là ! C'est ça, oui, c'est ça !

— Taisez-vous, leur intime le chien. Inutile de me le dire, je connais le chemin.

Soudain, Emma ralentit.

— Oh ! Là-bas ! J'aperçois Bobby. Il est tout seul.

Margot se redresse. Le poney vient à leur rencontre, tête basse, l'air penaud.

— Qu'est-ce qu'il a encore fait, cet imbécile ? grogne Jack.

Le poney pleurniche, la selle de travers.

— Hu! Hu! Ne me disputez pas. Je n'ai pas fait exprès…

— Qu'est-ce qui s'est passé ? s'impatiente Margot.

— Simone s'est cogné la tête contre une branche. Hu! Hu! Elle est tombée par terre…

— Vite, s'énerve Jack, elle n'est pas loin. Je reconnais son odeur. Toi, ajoute-t-il en s'adressant au poney, retourne à la ferme.

Le trio repart à la recherche de Simone.

— Je la vois! s'exclame soudain Margot. Elle est là-bas, étendue devant le buisson.

La jument se penche, afin d'aider Margot à descendre. Le chien est déjà à côté de Simone. Il rassure ses amies.

— Ça va, elle n'a qu'une bosse.

Au même moment, Emma hennit de joie.

— Regardez qui nous rejoint ! Ma sœur !
Elle s'est enfuie de la ferme.

Dolorès s'approche du petit groupe. Elle
salue tout le monde.

— Allô, mes amis ! Bonjour ma sœur ché-
rie ! Quand j'ai compris ce que ce poney pré-
parait, j'ai tenté de l'en empêcher. Il n'a rien
voulu entendre. Alors, je l'ai suivi de loin.

Dolorès penche sa tête au-dessus de Simone et ajoute :

— Elle s'est assommée, n'est-ce pas ? Pauvre petite ! Aidez-moi à la mettre sur mon dos, je vais la ramener chez elle.

Margot est émue. Elle caresse le front de la jument.

— Tu as vraiment bon cœur, Dolorès. Simone n'a jamais été très gentille avec toi, j'espère qu'elle te sera reconnaissante.

Jack soupire :

— Qui sait ? Les humains sont parfois surprenants… Oh ! Regardez !

Simone ouvre les yeux.

Le chien lui lèche affectueusement la joue. Simone se frotte la tête. En voyant Margot, elle ronchonne :

— Tu m'as suivie, c'est ça ? Tu dois bien rire de moi, maintenant… Mais ? ! Qu'est-ce que ça veut dire ? Y aurait-il deux Dolorès ? Et où est parti cet idiot de poney ?

Margot ouvre la bouche pour lui répondre, mais aucun mot n'arrive à sortir. Seulement quelques sons bizarres : ouah ! ouah ! ouah ! La pauvre Margot se tait aussitôt.

Simone la regarde avec de grands yeux.

— Qu'est-ce qui te prend, Margot ? Pourquoi tu jappes ?

7

Le choix de Margot

Maurice, Louisette et les parents de Margot sont partis à la recherche de Simone. Ils ont croisé le poney qui revenait seul et ils craignent le pire.

Soudain, de loin, ils reconnaissent la voix de Simone. Elle les appelle. Ils accourent. Une surprise les attend : les deux petites filles s'en viennent tranquillement, toutes souriantes, sur le dos de Dolorès. Jack trotte quelques pas derrière.

Les adultes se hâtent vers les enfants. Tout le monde parle en même temps. Tout le monde

sauf Margot, qui n'ose desserrer les dents. Elle craint de se remettre à japper. Ou à hennir, qui sait?

Pierre, Jean et Jacques, qui étaient restés à la ferme, entourent leur petite sœur dès son arrivée.

— Eh, Margot! Où étais-tu? On te cherchait partout, toi aussi.

Sa mère la prend dans ses bras.

— Que s'est-il passé, ma grande? Est-ce toi qui a ouvert la porte à Dolorès? Nous ne t'avons pas vue partir.

Simone ricane:

— Margot ne peut pas vous répondre, elle jappe maintenant. Montre à tes parents, Margot, comment tu fais…

Margot est si malheureuse. Elle voudrait

raconter son histoire : le Château des animaux, le Miroir Merveilleux. Mais elle ne
peut plus parler, on se moquerait d'elle.

Son père prend sa défense :

— Je crois que nos filles sont un peu
étourdies par tous ces événements. En tout
cas, nous devons une fière chandelle à Dolorès la jument pour les avoir retrouvées.

— Moi, dit Simone, j'ai vu deux Dolorès dans la forêt.

Les frères de Margot s'esclaffent :

— Ouah ! Ha ! Ha ! Deux Dolorès ! Simone la menteuse !

La jument s'en retourne vers l'écurie retrouver son petit. Les parents de Simone la regardent aller. Maurice dit :

— Je crois que ce serait bien mal agir que de séparer cette bonne bête de son poulain. Nous devrions songer à une autre solution.

Pendant que tout le monde discute, Jack le chien s'approche du groupe. Il jappe en direction de Margot.

— Regardez-le, sourit la mère, on dirait qu'il veut lui parler.

Margot est la seule à le comprendre. Il dit :

— Tu sais, petite, si tu veux parler humain à nouveau, tu n'as qu'à retirer l'anneau magique. Évidemment, le charme sera rompu. Mais Emma et moi, on se souviendra toujours de toi, Margot. J'espère que tu penseras à nous de temps en temps.

Margot hésite. Puis, elle a une idée. Elle ôte l'anneau de son doigt et le tend à Simone.

— Tiens, c'est pour toi.

Comme elle est heureuse de s'entendre parler à nouveau. Elle ajoute :

— Porte-le la prochaine fois que tu feras de l'équitation. Tu verras, c'est un anneau très particulier. Et, je t'en prie, ne sépare pas la jument de son petit.

Simone baisse les yeux.

— Tu sais, Margot, je n'ai plus le goût de faire de l'équitation.

Elle se tourne vers ses parents :

— Ce que j'aimerais, maintenant, c'est de suivre des cours de ballet…

Margot croit voir Jack sourire.

Bonnes nouvelles

Margot est de retour chez elle. Quelques semaines ont passé. Maurice et Louisette ont pris une bonne décision : Dolorès, Champion son poulain et même Bobby le poney vivent très heureux dans une nouvelle ferme. Une vraie ferme, où il y a aussi des poules et des vaches.

Aux dernières nouvelles, Simone était plus gentille et plus réfléchie. Mais, selon ses parents, elle est toujours aussi menteuse. Elle prétend avoir passé toute une journée dans un château où les animaux parlaient et fêtaient…

Margot a souri en apprenant cela. Elle ne regrette pas d'avoir donné l'anneau magique à Simone. À leur prochaine rencontre, les deux filles auront bien des choses à se raconter.

C'est quoi, Maboul ?

Quand tu commences à lire, c'est parfois difficile.

Avec **Boréal Maboul,** ça devient facile.

- Tu choisis les séries qui te plaisent.
- Tu retrouves tes héros favoris.
- Les histoires sont captivantes.
- Les chapitres sont courts.
- Les mots et les phrases sont simples.
- Les illustrations t'aident à bien comprendre l'histoire.

MISE EN PAGES ET TYPOGRAPHIE :
LES ÉDITIONS DU BORÉAL

ACHEVÉ D'IMPRIMER EN MARS 1999
SUR LES PRESSES DE L'IMPRIMERIE AGMV MARQUIS
À CAP-SAINT-IGNACE (QUÉBEC).